大波小波

——昭和20年に生まれて

柊ゆう
HIIRAGI YU

幻冬舎MC

大波小波

～昭和20年に生まれて～

photo：柊ゆう

プロローグ

プロローグ

昭和二十年に一男三女の末っ子として生まれた。

私にとっての原風景は、越後山々と日本一の信濃川である。自然がいっぱいの土地で育った。

話すのは苦手だったが、本を読むのは大好きな子で、図書室でよく一人で本を読んでいた。そんな子に大きな影響を与えたのが、中学一年の担任だった。国語科担当の先生で、いろいろな世界があることを教えてくれた。高村光太郎の『道程』や『智恵子抄』もこの時初めて知った。深い意味も分からず、「僕の前に道はない、僕の後ろに道はできる」なと暗唱したものだった。

その頃から、趣味は？と聞かれたら「読書」と答える時期が続く。本好きは大人になっても変わらず、現在の「絵本の読み聞かせ」の活動にも繋がっている。

本を読むのが大好きな人間が、ひょんなことから本を書くことになった。果たして読者から著者へ変身できるだろうか。もちろん二刀流もあり得る。

心の奥に微かな願望としてはあったのかもしれない。いつか自分の本を出したい、と。

「僕の後ろにできた道」を振り返りながら、一つの作品として仕上げていく過程は、楽しみでもあり、スリリングなことでもある。まだまだ私の世界は広がる予感もする。

私の世界へようこそ！

目次

第一話　クラリネット狂詩曲《ラプソディー》

第一話　クラリネット狂詩曲

「ポーーッ」音が出た！

初めてクラリネットから音が出た瞬間を今でも覚えている。

六十歳、それまで音楽とは無縁の生活をしていた。定年退職し、ようやく仕事から解放され、この自由に使える時間をどうしようと思っていた時、クラリネットと出会った。

ある日、夫婦で地元の中学校の演奏会を聴きに行った。女の子がカッコよくクラリネットソロを吹いた。一目惚れ！　あ、これやりたい。音楽経験は、学校の音楽の授業だけ。特に音楽が好きというわけでもないし、音痴だし。

それにもかかわらず、次の日ネットで初心者用クラリネットセットを注文してしまった。どんな楽器で、どんな仕組みで音が出るのかも知らず、とにかくやってみたいと思ったのだ。

楽器が届いた。何の知識もないので、同梱されていた説明書を頼りに組み立ててみた。穴やキイがこんなに多いなんて初めて知った。いくつかのパーツを組み立てるだけでも、大汗。「初心者用セット」にはマウスピースも、リードも、リガチャーもみんなついている。これらは息を吹き込む部分のパーツで、楽器の音色を決めるための要である。下管とジョイントするコルクの部分にグリスを塗ってはめ込み、何とかクラリネットの組み立て完了。恐る恐る吹いてみる。スーッ。音が抜ける。くわえ方を変えて、もう少し多くの息を入れてみる。音が出た！　滅茶苦茶な指遣いで吹き続けてみると、確実に音が変わっていくのが分かった。後で聞いた話であるが、この段階で音が出るのは珍しいことだと。

それから、クラリネットとの格闘の日々が始まった。小さい子が一語一語拾い読みするように、一音一音確かめて吹いていく。図解入り説明書だけが頼りである。まさに独学のスタートだった。音楽万能（もちろんクラリネットは未経験）の夫が、側であれこれアドバイスをくれる。肩や腕に余計な力が入っているので長くは続けられない。楽器を支える右手の親指が痛い。新しくリードも買って、試行錯誤するうちに何とかメロディーらしきものも吹けるようになってきた。夫が時折「うん、今のはいい音だ」などと褒めてくれるのが励みになった。

後に正式に個人レッスンに通うようになるのだが、この時ついた自己流の悪い癖から抜け出せず、今も苦労している。

ある日、クラリネットを片付けようとしたら、上管と下管がどうしても外れない。注文した楽器店に電話で相談したら「冷やせば抜けるかもしれない」と言われ、楽器を冷蔵庫に入れた。急激な温度の変化は楽器には悪いことだと後で知ったが、そんなことも今はいい思い出である。自己流独学三年、個人レッスン三年を経て、しばらく実演を通して勉強。いろいろあって、心機一転今また個人レッスンを受けている最中。長いクラリネットとの付き合いが続いている。

楽器も、衝動買いした「初心者用セット」からレベルアップ。今使用しているのは、母の形見ともいえるもので、大事にしている。母が九十七歳で亡くなった時に、幾許かのお金を残してくれた。記憶にも記念にも残るものに使おうと思った時、いいクラリネットを買おうと思いついたのである。レッスンに通っている先生に選定していただき、今も大切に吹いている。

独学を始めてすぐに、夫がとんでもないことを言い出した。プロ級の腕を持つ夫のアコーディオンと、二人音楽会をやろうと言う。ドレミも満足に吹けないのに、その年の十二月にクリスマスコンサートを開きたい、お客は住んでいるシニアマンションの住人。まず目標を設定して、それに向かって努力する、ということが割と二人とも好きだった。ゼロからスタートして、何ヶ月後かには人前演奏デビューをしたわけだが、私のクラリネットの出来栄えはボロボロ。そんなに簡単に演奏できるような楽器ではない。しかし「人前でやる」という楽しさにこの時目覚めてしまった。また、夫婦で同じ目的に向かって進む「連帯感」も感じ、この後はひたすら二人で演奏の道を進むことになった。

最初は二人だけで演奏を楽しんでいたが、その後夫の提案でS市の音楽好きの仲間を集めることにした。この呼びかけには多くの人が賛同してくれ「音楽を楽しむ会」は順調に船出した。

ハーモニカからチェロまで統一性のない楽器集団は、それでも一年くらいは続いただろうか。いうまでもなく夫のアコーディオンと私のクラリネットは主力メンバーである。レベルアップしていくうちに、メンバーが次々と離脱していった。目的もない、単に音楽愛好家の集まりでは、空中分解もやむを得ない。それでも続けたいというメンバーだけで再結成。演奏会での発表を目標としたアンサンブル集団ができた。

クラリネットは一人で吹く時はいいのだが、他の楽器と合わせると問題がある。「移調楽器」といって、そのままの楽譜は使えない。移調した楽譜が必要である。そのために音楽編集ソフトを買って、楽器に合った楽譜を作る作業も私の仕事となった。アレンジは夫が担当した。

グループ名は、何回か変わることとなったが、最終的に「Yアンサンブル」に定着した。私たち夫婦が愛するオーストラリアのシンボルは、コアラ。そのコアラの大好物がユーカリ。そこからの命名で後にボランティア活動でいろいろなところで演奏するようになったが、市民の皆さんから親しまれる存在に育っていった。

自分たちのための演奏から、他人《ひと》のための演奏に切り替えたのは、夫の強い希望と意思があったからである。ボランティアで「音楽と笑顔を届けること」は、その後私たち夫婦の生きがいとなっていった。

場数は踏んでいたが、私のクラリネットはなかなか上手くならなかった。ある時意を決して、個人レッスンの門を叩いた。ドイツ留学の経験を持つ男の先生は、私の子どもといってもいいくらいの年齢だった。自分勝手な独学でついた悪い癖を、根気よく指摘しながら、教えてくださる。

途中一定期間のブランクはあるが、個人レッスンに通う期間は、一度もお休みをしたことがないというのが私の自慢である。だがなかなか思うように上達せず、ある日「がんばっている割には上手くならないのですが」と嘆いたら「速度が遅いだけです、確実に上達していますよ」と慰められた。

アンサンブルで人前に立つ時は毎回私がMCを務める。これは最初の二人音楽会から続いている。子どもの頃、人前で話すこともできない内弁慶の私が、まさか司会を得意とするなんて、と自分でも驚いている。

夫がグループの代表を務め、私が庶務全般を引き受け、アンサンブルとして地域で活躍し続けて九年目に夫が亡くなった。入院一週間前まで、高齢者施設を訪問していた夫のパワーには感服である。代表という柱がなくなり、活動の継続が危ぶまれたが、残されたメンバーで何とか再出発できた。十周年記念音楽会も華やかに楽しく開催することができた。この活動はこれから先も続くはず、と思っていた矢先、コロナ禍に巻き込まれてしまった。練習もできない、訪問演奏にも出かけられない。メンバーも減り、残ったメンバー同士も人間関係がギスギスして、傷つけあうことになってしまった。代表の座を夫から受け継いでいた私は、「解散」という苦渋の決断をした。このアンサンブルは十一年目にして消えた。

でも、私の生活の中でクラリネットなしは考えられないようになっていた。解散を決めたその日だけ落ち込んだが、次の日には新しい挑戦を考え、動き出していた。一人ででも音楽を届ける活動がしたい、そのためには、自分自身の演奏レベルを上げることだ、と再び個人レッスンを受ける手続きをしたのである。

今でもクラリネットは実のところあまり上手くはない。が、楽しい。レッスンを受けている先生には「人前で演奏するなら楽しいだけではダメ。聴いてくださる方の時間をいただくのだから、もっと自分に厳しくなってください」といつも言われている。

自分自身では今までとは違う形で、聴く人がクラリネットの演奏を楽しんでくれたらいいと思って、現在は次のようなことをやっている。

一つ目は、朗読とクラリネットのコラボでお話の世界を創り上げる活動。朗読が上手い友人と気が合いなんとなく始めたものだが、これが思いの外好評で私たちも気に入っている。まず絵本を探す。二人で読み合って、文をカットしたり話の切れ目を探したりして、物語を再構成する。同時にどこにどんな音楽や音を入れるかも検討する。クラリネットは、人間の声に一番近い楽器といわれているせいか、朗読の声とよくマッチする。クラリネットが担当する部分が決まると、音探しをする。レッスンに使っている教本の練習曲の一部だったり、有名なエチュードから切り取ったり、場合によってはオリジナルのメロディーも考える。二人で試行錯誤して、長い曲にしたり、高低や速さを変えることもある。この、二人で創り上げていく過程がとても楽しい。一話一話、世の中に二つとないお話ができていくことは、私たちの宝物が増えていくことである。この分野を何と呼ぶのか分からないが、一つのパフォーマンスといえるだろう。

二つ目は、フルートのAさんとのデュオ。以前アンサンブル活動のメンバーだったので、もう随分長い付き合いとなる。二人で、小さなお子さんと親御さんのために「音楽届け隊」と名づけて演奏している。今のところ不定期活動ではあるが、これも楽しみにしているものである。

三つ目は、違う楽器三人が集まっての活動。月二回のペースで練習し、発表の場も増えてきている。懐かしい昭和の名曲などを演奏し、高齢者や地域の人々に喜んでもらっている。これが前にやっていたアンサンブル活動の精神を一番受け継いでいると思うので、今後も続けていきたい。

六十の時思いつきで始めたクラリネットが、こんなにも長くこんなにも深く、私の生活に入り込み、夫亡き後も私を支えてくれるとは当時は思いもしなかった。

「挑戦」は何歳からでもいい。まずやってみる、一歩を踏み出さなければ何も始まらない。「やれる時に、やれることを」が私のモットーである。音楽は聴く人の心を癒してくれるが、演奏する側にも癒しを与えてくれるものだと思う。出来ることなら、今よりはもう少し上手く吹けるようになりたいけれど……。

第二話　雪降る町で

昭和二十年、父の実家愛媛県今治で生まれた。愛媛での記憶は全くない。思い出せるのは新潟県長岡の、社宅暮らしからである。四人兄妹の一番下、甘えん坊でわがままで、人前では話すことができない子どもだった。意思表示は、頷《うなず》く、首を振る、泣く、これしかできない。小学校に入っても三つ年上の姉がよく面倒を見てくれていた。人前で話すことはできなくても、勉強はそこそこできたので、仲間外れにもならずに済んだ。毎回通知表のコメント欄には、「積極性がないのが残念です」と書かれていた。今の時代なら一種の発達障害として特別の支援が必要な子と見なされたかもしれない。

母親ベッタリで、小さい頃からよく母の手伝いをしていた。なぜか思い出の風景の中に兄姉の姿はない、勉強で忙しかったのか、友だちとの付き合いがあったのか。

北国の秋は短い。向かいの山に三度雪が降ったら、里にも冬がやって来るといわれていた。そんな秋晴れの一日、母と白菜や大根の漬物を漬ける。井戸端にたらいを置き、二分の一に切った白菜を洗う。洗った先から積み重ねておき、大きな樽に白菜をきれいに並べていく。母が手際よく、塩を振ったり昆布を挟んだり鷹の爪を散らしたり。小学校高学年ともなれば一端の片腕だった。干してシワシワになった大根は、沢庵漬けにする。毎年冬を越す準備は一大行事である。隣近所のお母さんたちと一緒にやっていた記憶がある。

小さい頃から「食」には関心があり、台所にもよく立った。食卓の準備や片付けも率先してやっていたと思う。休みの日に台所でゼリーや蒸しパンなど作ったこともあった。大人になって、食べ物関係の道に進むようになったのも、偶然ではないかもしれない。

戦後の昭和二十年代、三軒長屋の社宅に住んでいた。井戸もあったたらいで洗濯をしていた時代である。真っ白に漂白して、竿いっぱいに干すのが母の自慢だった。夏や秋晴れが続いている時はいいが、みぞれが降り出し雪になる頃は、その洗濯干しもできない。陽の当たらない部屋に干すしかない。働き者の母と、設計技師の父と、年の近い兄妹四人。貧しいながらも幸せだった思い出がたくさん残っている。

当時、両親の食費のやりくりは、食べ盛りの子どもたちを抱えて大変だったろうと思う。ある休日の昼食。炬燵《こたつ》(当時は炭火)のやぐらをひっくり返して網を乗せ、コッペパンを焼く。こんがり焼いてマーガリンを塗って頬張る。うまい。おかずは魚肉ソーセージ。小学校では給食も始まり、コッペパンとやかんに入った脱脂粉乳が定番だった。最初の頃はマイ食器を袋に入れてランドセルの脇にぶら下げて登校していた。虚弱児で食の細い私にとって給食の時間は楽しいものではなかった。脱脂粉乳は変な匂いがするし、コッペパンは私には大きすぎた。給食を残す時は先生に断らなければならなかった。それさえ言えなかった子どもだったので、コッペパンの残りを内緒でランドセルのポケットに押し込むことにした。しかし子どものやることで、入れたことさえ忘れていた。ある日母にたくさんのパンのかけらを見つけられお目玉を食らったことがあった。間の休み時間には、保健室で肝油を飲まされていた、痩せっぽちの少女だった。

寒い冬のお風呂は何よりのご馳走だ。私は小学校入学まで六歳上の兄と一緒に入っていた。お風呂場のガラス戸を隔てた外は、雪が積もっている。お風呂が熱すぎる時は、窓を開けて雪の塊を湯船に浮かべる。焚き口のところには大抵母がいて、湯加減どう？と聞いてくれた。

戦後のまだまだ貧しい時代。食べるものも、着るものにも困っていた。ある日父親の伝手で、姉二人の赤いオーバーが手に入った。見るからに暖かそうで、その当時赤いオーバーなんて誰も着ていなかった。貴重品である。田舎では当たり前であったが、玄関に鍵を掛ける習慣はなかった。玄関を入ってすぐのところに、二着の赤いオーバーは掛けてあった。ある朝二着ともなくなっていた。誰かが盗んで多分売ってお金に換えてしまったのだろう（自分の子どもに着せたりしたら、すぐ見つかってしまう）。手に入れたばかりのオーバーを盗られた悔しさは、何十年も経った今でも、姉たちの語り草になっているほどである。

決して豊かな暮らしではなかったが、母の手編みのセーターや手作りのギャザースカートなど着せてもらっていた。末っ子だったので、お下がりは当たり前だったが、いつも小綺麗《こぎれい》なものを着て髪にリボンを結んだりして「おしゃれな三姉妹」として、学校ではちょっと有名だった。

父の給料日の次の日、決まって母がやることがあった。家族六人分の下駄を買うことである。日常生活は下駄が中心、小学校の途中頃からは靴を履いて学校に行くようになった。上履きなど買ってもらえる子はいが、裸足で駆け回っている子も多かった。校舎のすのこに出ていた釘で怪我をした子もいた。遠足に新品の靴を履いていって豆ができ痛い思いをしたこともあった。毎月の下駄の買い出しには、もちろん私もついて行った。新品の私の下駄は流線形で、赤い鼻緒が可愛らしくもったいないくらいだった。大風呂敷に、家族全員分の下駄を包んで嬉しそうに運ぶ母の姿を覚えている。

子どもの頃、いつも家には犬がいた。野良犬か捨て犬かがいつの間にか居ついていたというもので、ほとんど放し飼い状態。家人が留守になる時だけ犬小屋に繋いでいた。今の時代のように、家の中で飼ったり、洋服を着せたり、定時に散歩に連れて行くなどとは無縁だった。犬にとっては伸び伸び生活できていたことだろう。私は末っ子だったので、犬にはアネキ風を吹かせてよく一緒に遊んだものだ。雪下ろしで山になったテッペンで、ワンコがお座りして辺りを見回していた姿などよく覚えている。ドッグフードなどあるはずもなく、残りのご飯に味噌汁をかけたような餌を与えていた。何匹かの代替わりがあるが、我が家に居つくのは決まって雄だった。どこまでも続く真っ白な雪の原をワンコと散歩し、一人と一匹の足跡が点々と続いているのを見ておもしろがったりした。

晩秋の、雪が降る前に行われていた小学校の学校行事がある。全校あげての「いなご捕り」。米どころ新潟の長岡、校舎の周りも一面水田だった。稲刈り前の田んぼには、無数のいなごが押し寄せてきていた。その日ばかりは授業中止で、全校児童がいなごを捕る。竹の筒に晒しの手拭いの袋を取り付けて一斉に行動開始。いなごは捕り放題で袋はすぐ一杯になる。校庭では母親たちがスタンバイ。大釜にお湯を沸かして待っている。捕ったいなごは順次この大釜へ入れる。佃煮の原料として業者に売り、そのお金は図書室の本を買ったり、プール建設の資金に充てられた。私はいなご釜茹で現場を見てからは、いなごの佃煮は絶対食べられなくなった。懐かしい思い出の一場面ではある。

今も覚えている寒い朝の出来事がある。確か五年生の三学期、始業式がある日のことだった。ちゃぶ台を囲んで家族揃って朝食。何か違和感を感じてトイレ（まだ汲み取り式の便所の時代）に立った。「えっ、私大変な病気かもしれない」と青ざめ、家族全員の前で「血が出たの」と大きな声で告げた。一瞬空気が固まった気がした。全員沈黙の後、最初に口を開いたのは父だった。「そうか、お母ちゃんに教えてもらいなさい」。病気ではないらしい。その後、股の部分がゴム引きで黒い大きなパンツを履かされ、手当の仕方を教わった。今のようにスマートな生理用品ではなく、広い大きな脱脂綿を適当にちぎり重ねて使用していた。家には母始め三人の女性がいたにもかかわらず、その方面の知識はゼロで何も教えてもらっていなかったのだ。末っ子でいつまでも子ども扱いされていたが、この日を境に子どもから女性への仲間入りをした思い出の日となった。

中学生になっても人前で話すことは苦手だった。日直で担任の先生のところに連絡に行っても「おはようございます」と声に出して言えなかったほどである。そんな私に転機がやって来た。引っ込み思案の性格を直そうと、担任の先生が私に大変な試練を与えた。毎年正月二日に全校生徒が集まって新年の集いをやる。学年で代表一人が出て、新年の抱負を述べる慣わしだった。この役を私が任されたのである。中学二年の猪年の正月だった。冬休みに入ってすぐに家に連絡があった。最初聞いた時、絶対無理だと思った。学級内でも話せないのに、全校生徒の前でしかも壇上で話せるわけがない。担任の先生は、「ちゃんと原稿を作ればやれる、お前ならできる」と励ましてくれた。積極性のない自分の性格にも嫌気がさしていたので「やってみよう、やってやろう」という気がしてきていた。まず原稿を作る。相談相手になってくれたのが父だった。この時初めて「猪突猛進」という言葉を父から教わった。猪のように勇ましく突き進む意味であるが、むやみに周りも見ずに凄まじい勢いで突き進む無鉄砲の意味にもとれる。多分父は、いつも人の陰に隠れてウジウジしている娘に、勇気を出して進め、と言いたかったのだろう。この言葉も入れ、自分の経験やこれからの意気込みなどを交えて文章を作った。先生にも見てもらって原稿は完成した。これからが問題である。大勢の人の前で話すには、自信を持って大きな声で伝えなければならない。全文暗誦することにした。何度も何度も頭の中で繰り返す。口の中でモゴモゴ言いながら、何日間かはそのことだけを考えていた。当日……やれた！　もちろんドキドキしていたが、壇上に上がるとクソ度胸というか、見上げているみんなの顔を眺めることができた。冬なのに汗をかきながらも、ちゃんと人の前で話すことができた。この出来事は、それまでの自分を変えてくれた一大事であった。しかしこれを契機に劇的に人間が変わったわけではない。おとなしい女の子のままだったが、いざという時は自分でもやれるのだという自信は持てた。大役に抜擢してくれた担任の先生には今でも感謝している。あの経験が私を変えた第一章の始まりといえる。

長岡は雪が多いことでも有名である。今でこそ主要道路は融雪パイプが埋められているが、一晩で一メートルも積もることはよくあった。雪かきは毎朝の仕事。重労働である。屋根の雪下ろし、下ろした雪の処理。真冬でも汗びっしょりになる。やっとやり終えたと思っても、一晩過ぎればまた雪の山。子どもも年寄りも家族総出の作業である。雪国の人は我慢強いといわれるが、我慢するしかなかったのである。自然には逆らえない、という現実を受け入れてきたためかもしれない。私という人間形成上、この雪国での暮らしは決して無駄ではなかったと思う。こんな生活の中で、家族の絆も強まっていった。

過酷な自然環境の中でも、何の心配事もなく親に見守られていた幼い頃の思い出は、私にとってはかけがえのない宝物になっている。

こんな雪降る町での生活は、物心ついてから二十二歳まで続くことになる。

第三話　三通の手紙

手紙は手（筆）で紙に書いたもの、という一説もあるとか。書き手の気持ちが込められた連絡手段といえるのかもしれない。私の人生で今でも心に残っている三通の手紙。

父からの手紙

四人兄妹の末っ子として育った私は、母親ベッタリだったので、父との思い出はあまり残っていない。三人の兄姉は大学進学を機に親元を離れていった。両親（特に父親）の強い願いで、子どもたちは全員最高学府まで行かせてもらった。子どもたちに残せるものはないが、教育を受けさせることで自立し、それぞれが生活していける人間になるようにという教えだった。時には、三人が同時に大学生という時もあり、やりくりはかなり大変だったと思う。

私は地元の大学を選び、親子三人で暮らす時期が長かった。しかし父とのことはあまり印象にない。お母さんっ子だった。目的があって父と何かしたとか、将来についてじっくり話し合ったとか、そんな思い出はほとんどない。親と真剣に相談することもなく、なんとなく教員の道を選んでいた。二人の姉がすでに教員として働いていたというのが大きな理由かもしれない。

ただ、新潟県で就職するのは嫌だ、上京したいという気持ちは強かった。新潟県は名だたる豪雪地帯で、新規採用の教員は必ず、雪深い地域の学校に赴任させられると決まっていた。それだけは避けたい。次姉と同居という条件付きで、上京は許された。東京都の教員採用試験に受かり、親元を離れる時が来た。親としたら、末っ子の私はいつまでも小さい子どものままで、親の庇護が必要だと感じていたと思う。

三月のある日、いよいよ旅立ちの朝が来た。玄関で父が無言で封筒を渡してくれた。両親にとっては、長い子育て期間が終わり、一安心できる時が来たのである。感慨深い朝であったろう。父からは初めて手紙を貰った。かなり分厚い。

父が歴史小説などをよく読んでいた記憶がある。子どもの頃作文の手助けもしてくれた。文才があったのかもしれない。上野に向かう列車の中で父からの手紙を読んだ。二十二歳まで育てた娘への思いが綴られていた。「他の兄姉と比べても、お前はしっかりしているので、仕事のことでは何も心配はしていない。ただ慣れない東京で、毎日の生活は大変だろう。健康には十分留意して暮らしてほしい。姉妹で協力して過ごすように」と書いてあった。列車の中で涙が溢れた。何度も読んだ。

それ以降この手紙を、お守りとして大事に私のバッグに入れていた。初めて親元を離れ、これからへの期待と都会暮らしの不安とが入り交じった毎日だった。私を「しっかり者」と評価し、がんばれよと応援してくれている父親をありがたいと思った。期待に応えようと誓った。

そんな親を悲しませるような現実が、東京には待ち構えていたのだが。

ラブレター

二十二歳、東京で小学校の教員になった。担任ではなく家庭科を教える専科の先生だった。教員免許は高校と中学のもので、小学校で教えるのは教育実習も含めて初めてだった。赴任先を知らされた時、「あ、小学校の先生になるんか」と戸惑った。不慣れな日々であった。前任者は定年まで勤めて辞めた、厳しいと評判のベテラン先生。次にまだ若い先生に代わり、子どもたちもどう接したらいいのか戸惑っているようだった。私は授業中だけでなく、休み時間には子どもたちの遊びの輪に入ったりしていたので、次第に「お姉さん先生」として受け入れられるようになっていった。

そんな日々を送るうち、同僚の男性教員と接点ができた。夏休み中のプール指導で一緒になり、その後お茶に誘われた。それをきっかけに話すようになった。当時友だちもいなかったし、同僚にはあまり若い教員はおらず、気軽におしゃべりする相手もいなかった。

勤めが終わった後、学校がある駅から一つ先の駅で待ち合わせをして、おしゃべりしたり夕食を共にするようになっていった。父親や担任の先生しか男性を知らなかった私にとって、「大人の男性」は魅力的であり、人間性にも惹かれていった。何でもできるし、何でも知っている人だった。

ある日、車の中で「オレのことどう思っている？」と聞かれた。その時は正直に「どうって、好きでも嫌いでもないかなあ」と答えた。彼はひどくがっかりした様子だった。十六歳年上で妻子もあるとその時はすでに知っていたのである。

その後、最初で最後のラブレターを貰った。私のほうから先に手紙を渡したその返事だった。ほぼ毎日会っておしゃべりするようになっていたのに、私は口ではどうしても伝えられないことを書いて渡した。おしゃべりが得意でない私は、書くほうが気持ちが伝わると思っていたのかもしれない。現在のように携帯もＳＮＳもない時代、手書きの手紙の交換など今では考えられないことである。

その当時彼は教員の傍ら、学校放送に出演したり、放送台本を書いたりかなり忙しかった。私へのラブレターも、自分専用の原稿用紙に万年筆で書かれていた。「これだけ原稿書いたら、原稿料かなり貰えるんだぞ」と冗談のように言っていた。肝心の内容はよく覚えていないが、自分の生い立ちのようなものが書いてあったと記憶している。中身は完全にラブレターだった。それまで付き合ってはいたが、私は何が何でも一緒にいたいと考えていたわけではなかった。が、この一通の手紙が私の心を捉え、その後の運命を変えてしまった。嬉しくて何度も読み返した。当時一緒に住んでいた姉に、隠していたのにこの手紙を見つけられてしまい、即親元に報告の事態となった。それからのゴタゴタ騒動の顛末は、今でも私の心の中でくすぶっていて忘れられない。両親には多くの心配をかけてしまった。

そんな思い出と共に、私の人生のターニングポイントとなったラブレター、忘れられない手紙で「彼と一緒に生きること」を決意させ、それからの私の生き方を方向づけた一通である。

母からの最後の手紙

手元に、私の宛名書きだけで、中身の入っていない封筒が残っている。母からのものである。

母は筆まめで、その母に似て私も手紙を書くのが好きである。一時期よく母娘で文通をしていた。多い時で週に二回は出し合っていた。私はハガキに自分で撮った写真を印刷してひと言添えて出すことが多かったが、母は必ず封書で返事をくれていた。

九十七歳で逝った母は晩年施設のお世話になっていたが、私からの便りを楽しみにしていてくれたようだ。母と私は趣味が似通っていて、関心を持つことが共通していた。母の影響で私も俳句を詠むようになったし、母にカメラの手解きをしたのは私である。「こんな本どーお」と母から送ってくることもあった。新聞の切り抜きが入っていることもあった。

そんな母も、次第に手紙を書く回数が減っていった。小さな字が見えづらく書きにくい、筆圧が弱くなってペンを握れない、漢字が出てこない。一時期鉛筆書きの手紙が届いていたこともあった。

ある年の十二月下旬、母から封書が届いた。多分母は九十代になっていたと思う。弱々しい筆跡だが、一生懸命宛名を書いた様子が窺える。開封したが中身は空だった。母からの手紙は生前それが最後となった。

私の想像だが、私への誕生日プレゼントとしてお祝いのお金を送ったつもりではなかっただろうか。宛名を書くのがやっとで、中身を入れたか、メッセージを書いたかも忘れてしまったのだろう。それまで、恒例のように誕生日にはカードやプレゼントが届いていた。

封筒だけの母からのプレゼントは何にも入っていなかったけれど、母の愛がいっぱい詰まっているように思い、捨てられなかった。

母は人生の終わり頃には、訪ねていった娘に「どちらさん？」と聞くようになってしまっていたが、母らしい生き方で「大往生だったね」と姉妹で話している。そんな母に似れば、まだまだ私も長生きできそうである。

第四話　母の思い出

昭和の子母のお腹で終戦日（ゆう）

焼け野原の中でも、夾竹桃《きょうちくとう》だけは元気にピンクの花を咲かせていた、という終戦後の話はよく聞く。昭和二十年八月、私はまだ母のお腹の中だった。その後十二月に無事生まれたが幼少期は虚弱児だった。この年に生まれた人口はその他の年と比べ極端に少ない。生まれてくる子が少なかったこともあるが、生まれても育たなかった子も多かった。そんな中で育ててくれた両親には感謝の気持ちでいっぱいである。

終戦当時兄五歳、長姉三歳、次姉二歳、そしてお腹には私。三歳の姉は、防空頭巾を被り焼夷弾《しょういだん》から逃げ惑い、川の中を必死に歩いた記憶があるという。小さいながらも事の重大さは分かっていたので、木陰に身を潜めたり、泣き言一つ言わずしっかりと親の後をついて行くしかなかったという。真っ暗な中、火の玉が襲ってくる恐怖や、食べ物がないひもじさなどを語ったこともあった。

兄は東京都町田市生まれ、長姉は母の実家の茨城県石岡市生まれ、次姉は兵庫県尼崎市生まれ、そして私は父の実家の愛媛県今治市生まれと、短い期間ながら四人兄妹は別々のところで生まれている。父が職を転々としていた時期だった。

戦争中父はいわゆる軍需工場で働いていたので、戦争に駆り出されることはなかった。戦後どれくらいの時期今治に住んでいたのか定かではないが、長姉は新潟県魚沼郡堀之内というところで、小学校に入学している。四国生まれの父にとっては、予想外の豪雪地帯に住むことになり、さぞや戸惑ったことだろう。長靴も防寒具もないそんなスタートだったらしい。

父は紡績会社から大学の講師に転職していた時期もあった。母は良妻賢母そのもので四人の子どもを引き連れ、愚痴もいわずどこへでも父についていて行った。結婚したのは母が二十一歳の時、親戚の紹介で父と出会った。父は明治四十三年生まれ、母は大正五年の生まれ。六人の子を授かり、二人亡くした。そんなこともあって、子どもにはとても優しい両親だった。

その時代、もちろん母は専業主婦で年中忙しそうにしていた。子ども心に、母はいつ寝ているんだろうと思ったものだ。若い夫婦はそれぞれに親元には頼れない事情もあり、自力で毎日を過ごしていた。自分の生活は自分で切り拓く、他人には頼らない、そんな心意気だったようだ。その精神は子どもの私たちにもしっかり受け継がれていたように思う。父がこよなく愛した高浜虚子の句に「春潮や倭寇の子孫汝れと我れ」とあるが、父もそんな心境だったのだろう。母方の祖父は、安定した職の公務員だったので、職を転々とする娘の婿のことは心配していたようだ。

その後堀之内から社宅がある長岡に引っ越してきた。私はこの頃からの記憶がある。この長岡でも二回の引越しをしたが、私はなんとここに大学卒業まで住むことになった。私たち兄妹は当たり前のように全員大学まで行かせてもらった。私立ではない公立の大学とはいえ、親はさぞ大変だったろうなと今更ながらの思いである。

両親にとっての長い、けれど充実した子育ての時期が終わり、四人の子どもたちは巣立っていった。夫婦二人だけの生活になってからも、父は職を転々とし、何回も引越しを繰り返していた。終《つい》の住処《すみか》として選んだのは、茨城県水戸市内原。晴耕雨読の日々を思い描いていたにもかかわらず、父は七十一歳で病死した。その時母はまだ六十五歳。それから九十七歳で亡くなるまで、一人で生活していた。人生の最後の一時期は施設のお世話になったが、一人暮らし歴は長い。

私は、夫とのことが原因で親とはある時期絶縁状態だった。何がきっかけでよりを戻せたのか覚えていないが、たまに日帰りで会いに行ったり、かなりの頻度で手紙のやり取りをしていた。私はハガキにさっと書いて出すことが多かったが、母は律儀に返事を書いてくれた。母と私は似たところがあって、かなり頑固だし興味や関心を持つことが共通していた。

母と娘《こ》の阿吽の呼吸春便り（きよこ）

母の晩年の趣味は、草花を育てること、育てた草花の写真を撮ること、俳句を作ることだった。花を愛でることが好きで、かなり高齢になるまで草花の世話をしていた。小さな庭の手入れを楽しそうにやっていた姿が目に浮かぶ。株分けした多くの鉢物を並べ、室内には季節の花を絶やさなかった。そんな花々を撮りたいという目的で写真を始めたのは、一人暮らしになってからのこと。私がイチから手解きしたが、最初から大型カメラ希望で一眼レフを使いこなしていた。ロールフィルムの時代で、フィルムの入れ方、巻き取り方、構え方など基本的なカメラの扱いを伝授した。習うより慣れろでなかなかの傑作を撮っていた。近所の写真屋さんとお馴染みになり、現像に出していた。写真屋さんは、いい作品が撮れていると大きく伸ばして、お店のショーウインドウに飾ったり、勝手にコンテストに応募してくれたり……これらのことも本人の励みになっていたようだ。後にこの写真屋さんは閉店してしまい、母の写真の趣味も終わりとなった。現像の必要のないデジタルカメラを勧めてみたが、手指の感覚が鈍ってきたためか、シャッターボタンを押すことが困難で切り替えは無理だった。

しかし、母が亡くなった後には、多くの花のアルバムが残されていた。「花と共に生きる」と自分で言っていたように、本当に花が好きだった。

もう一つの趣味が俳句である。独り身の母を気遣って、母の弟が誘ってくれたのがきっかけ。句会にも出かけていたようだ。育てている草花や、亡くなった夫を偲ぶもの、小旅行などが題材だが、圧倒的に多いのが夫を詠んだ句である。夫に先立たれ同じ境遇に立たされた私が今読むと、共感できるものばかり。一人になって何十年経っても夫を想い続けていたのだなあと思う。

百日紅《さるすべり》亡夫《つま》に会いたしとふと思う（きよこ）

百日紅の木の前で白い開衿シャツを着て、微笑んでいる痩せた父の写真（多分私の撮影）が母のお気に入りで、ずっと仏壇に飾ってあった。

母は八十歳の時から毎年一月一日に十年間俳句集を出してきた。もちろんそれ以前から俳句は作っていたが、母から「傘寿記念に何か形にな

るものを残したい」と申し出があった。長い準備期間を経て
「山茶花《さざんか》」という名の俳句集が完成した。山茶花は母が一番好きな花の名だという。
原稿作りは夫と私が担当。製本は印刷業をしていた母の末の弟にお願いした。それまでに書き溜めた花の句八十句の他、正月、春、夏、秋、冬、合わせて百二十八の句を載せた。花の写真や、子どもたち四人からのお祝いのメッセージも添えてある。作業は大変だったけれどあの時作っておいてよかったとつくづく思う。それ以来、小冊子ながら九十歳まで発行してきた。各俳句集には花の名前から取ったタイトル。毎年一月一日付で俳句集を出し続けることは、母の生きがいになっていたことだろう。手元に色とりどりの表紙の十冊の俳句集が残っている。今母と同じ俳句を趣味とするようになり、しみじみと母の俳句集を読み返しているところである。

子育てが全てだった母が、自分の趣味を見つけ精進していく、そんな過程を思い浮かべる時、生き方はそれぞれ違っていい、自分らしい生き方を探すことができればそれで上出来、だと思う。

九十七歳まで母は自分らしい生き方を通してきた。私たち四人の子どもに生きるお手本を見せてくれた。そんな母の子であったことを誇らしく思っている。

第五話　あなたと私

第五話　あなたと私

夫は八十八歳八ヶ月で逝った。あなたと私の五十年間の物語。

物語の始まりは私が二十二歳の時。新潟県長岡から上京し、小学校の教員となった。〇区の初任校で同僚として出会った。

夏休みのある日プール指導の後、お茶に誘われた。もう一人の教員と一緒だったので、何も考えずについて行った。次の日も誘われた。二人だけだった。それが始まりだった。話も楽しかったし、何でもできて、何でも知っていた。徐々に大人の男性として惹かれていった。それまで、異性と付き合ったことはない。男性は父親や六歳上の兄、担任の先生しか知らなかったし、高校も女子校、大学も女性だけの学部で男性はいなかった。大学のダンスパーティーなどで他の学部の男性と話したことはあったが、付き合いに発展したことはない。そんな私の前に現れた彼と「恋に落ちた」という表現が一番ぴったりだろう。お互いに惹かれ合ったのだが、その当時彼には妻子があり、十六歳も年上であることは後に知った。彼はその当時から離婚を強く望んでいたが、元妻の強い抵抗で話は進まなかった。

いわゆる同棲に踏み切ったのは、出会いからしばらくしてからだった。それまで私は姉と暮らしていたが、この事実を受け入れてもらえるわけもなく、両親にも知られるようになった。今考えると、両親には多くの心配をかけたものだ。どこの馬の骨とも分からない妻子持ちの男に、まだ若い娘が騙されている。普通の親なら怒り悲しみ、反対するのは当たり前である。当時の私は、周りが見えず彼への想いだけで生活していた。

当時のエピソード。まだ若く元気だった父が「スワッ、娘の一大事！」とばかりに、長岡から東京に駆けつけてきた。当時、小学校の一年生担任だった彼の授業中に、突然教室の扉を開けて直談判。「今後娘さんとは一切付き合いません」の文書に拇印を押させたそうだ。私は何も知らず後から聞かされたが、父は私に会うこともなくこの証文があれば大丈夫と帰ったという。反対されればされるほど、深みにハマっていくのが世の常らしいが、当時の私は「この人しかいない」という想いが強まるばかりであった。証文はいつしか効力を失っていた。

親兄姉の猛烈な反対に遭い、半ば家族と縁を切るようにして二人で暮らし始めた。六畳一間のボロアパート、風呂なし、トイレ共同。アパートの住人も世の中の底辺にいるような人たちだった。二人でひっそりと暮らしていたが、彼は養育費としてかなりの額を家に入れていたので、二人の生活は苦しいものだった。給料日前には、スーパーで財布の中身を心配しながら買い物をしていたのを思い出す。その当時、給料は現金支給だった。生活は苦しかったが、それでも二人で一緒に暮らせることが嬉しくて、辛いとか別れようなどとは一度も思わなかった。歳月が過ぎていく中、何回か住み替えて二人名義のマンションを持つこともできた。

この頃の二人共通の趣味は硬式テニスだった。一緒にスクールに通ったり、シドニーにはラケット持参で行き二人で楽しんだ（詳細は第六話参照）。彼は学生時代に軟式テニスの経験があるが、スクールのコーチと互角に渡り合える腕をしていた。四クラスある中の一番上に彼がいて、私は下から二つ目のクラスだった。休日にO駅の近くのテニスショップでラケットやシューズ、ウエアーなど見て回るのも楽しかった。店員さんと話が弾み、ついにはガット張り機を家に置くようになるほどの懲りようであった。買い物の後は、安くて美味しいと評判の回転寿司屋でお腹いっぱい食べるのも楽しみだった。二人とも若さがあったなあと思う。そんな楽しい時もあった。

小学校の教員だった頃の苦い思い出もある。「登校拒否」をしていたことがある。子どもの不登校は今ではよく耳にするが、大人の私にもそんな時期があった。異動によりいくつかの小学校の転勤を経験したが、中には自分に合わないなあと感じる学校もあった。地域性というか、子どもや保護者になぜか馴染めない。子どもたちが可愛いと思えないのである。朝学校に行くのが憂鬱で気分が重い。雨など降っていいようものなら余計行きたくない。

その当時、夫は教員を早期退職してフリーランスになっていた。勤めに行きたがらない私を最初は黙って見守っていたが、回数が増えるとさすがに心配して、勤務先まで車で送るようになった。強引に連れて行かれて、校門の前で降ろされると学校に行かないわけにはいかない。そんな繰り返しで危機は脱したのだけれど、最低年数の三年間だけ我慢してすぐに異動希望を出した。相性というのもあるのだろうけれど、通勤時間が長くかかる学校でも気持ちよく働けるところもあった。子どもたちやその保護者たち、教員の同僚、管理職という名の上司、みんなと上手くやっていくことは、どんな世界でも難しいこともあるだろう。長い教員生活、よくがんばったねと自分に言いたい。

私の人生の黒歴史ともいえるのは、四十代から五十代にかけてのほぼ十年間だった。更年期障害真っ只中。いつ終わりが来るのかも分からないトンネルの中でもがいていた。顔、首、胸にかけてのおびただしい発汗、腰痛、集中力低下に加え一番辛かったのは不眠症状。病院で寝る前の薬を処方してもらい、ようやく睡眠が取れるようになった。この年代は対外的にも責任ある仕事も任される年代でありそれもストレスだった。そんな生活のあれこれが引き金になり、過敏性大腸炎も併発。朝ちゃんとトイレで用を足して出かけても、通勤途中でトイレに駆け込むことがほぼ毎日だった。通勤路途中にある公園や駅のトイレはよくお世話になっていた。

さらに五十歳の時、脳梗塞の初期の症状を経験した。ある朝、トイレに起きたら右半身の自由が効かない。夫の通報で来た救急車で近くの病院へ運ばれたが、早期発見だったために点滴を一本しただけで帰された。しかし精神的ダメージは大きく、いつまたあの症状が起きるのかと四六時中心配していた。この時は心療内科のお世話になった。体も精神もズタズタの時期だった。彼はそんな期間は積極的にあれこれやってくれたわけではないが、黙って見守り受け入れてくれていたのがありがたかった。

更年期障害が重い人は、真面目で几帳面な性格の人に多いという。もっとあっけらかんと過ごしていればよかったのかもしれない。更年期障害というトンネルにいつの時点で入り、いつの時点で抜け出せたのかはっきりしない。でも長く辛い時期だったなあと思う。

精神的重荷は、彼の離婚話が少しも進んでいないという点にもあった。口で彼を責めたことは一度もない。正式に彼の妻になったのは、なんと私が六十歳になった年である。二十二歳で出会ってからよくぞそこまで辛抱したものである。

それまで結婚という形式にはあまり拘ってはいなかった、というか拘っていない素ぶりをしていた。好きな人と暮らせればそれでいいと言い聞かせていた。但し子どもは持たない、これは二人の暗黙の了解。

教員は五十六歳で辞めた。前の年の夏にはもう辞める覚悟ができていた。このままずるずる教員を続けていても、明るい未来はない。自分らしい生き方がしたいという思いだった。当時、同い年の女性校長は「あと四年あるのにここで辞めるなんてもったいない」と引き留めた。三月に私の退職が知らされた時は、同僚は皆驚いていた。でも自分では一仕事終えたようなスッキリした気分だった。四月から嘱託として、東京都庁での仕事が始まった。教育とは全く関係のない部署で四年間務めた。責任感からは解放されたし、出勤しない日は夫と二人でゆっくりした時間が持てた。カメラを持ってあちこち出歩いたりした。今も写真を撮るのが好きなのは、この頃の下地があったせいかもしれない。

あくせくしなくても、ゆっくり周りを眺めながらの人生もいいものだと感じていた。五年間働ける嘱託期間も四年で切り上げ、六十歳で完全フリーとなった。さあ、これからという時の出来事である。

終《つい》の住処《すみか》と決めたシニアマンションに落ち着いた頃、一通の封書が届いた。「〇月〇日、裁判所に来られたし」。あんなに離婚には反対だった元妻が、忘れた頃に離婚を前提に不倫の罪で二人を訴えたのである。被告として私たちは法廷に立った。テレビでしか見たことのない法廷で、宣誓もし答弁もした。何だか現実のような気がしなかった。長い長い裁判の期間を経て、もう心身ともに疲れ果てた頃、判決が下った。きちんと養育費を払っていたこと、別居期間が長かったことが理由で私たち被告側が勝利した。これで離婚は正式に決まり、晴れて夫婦になれた。多くの時間と多額のお金がかかったが、何ものにも代えられない喜びであった。結婚できるのならそれに越したことはない。

二人でS市の市役所に婚姻届けを出しに行った。市役所に続く桜並木は満開で、花びらがひらひら散り始め、まるで二人を祝福してくれているようだった。六十年間名乗っていた旧姓から、夫の姓を名乗ることになった時は、不思議な感覚がした。人間として生まれ変われたようで、私の人生の中で大切な日となった。別姓であるため、それまではあまり目立たないようにして、ひっそりと暮らしてきたのは事実である。

結婚後の私は人が変わったように、明るく行動的で積極的に友だちも作るようになった。婚姻届というたった一枚の紙切れで、人間が変われるなんて想像もしなかったのである。旧姓時代しか知らない古い友だちはその変わり様に驚いていた。

夫婦揃っての音楽活動が軌道に乗った時期と重なる。私は進んで外に出て活動するようになった。地域での活動やボランティア活動も数多くやるようになっていった。

一方夫もまだまだ元気で、心臓ペースメーカー埋め込み手術後は、演奏楽器をアコーディオンからハモンドキーボードに持ち替え活躍していた。

夫はいろいろな意味で万能であった。若い頃からスポーツは何でも得意。スキー、スケート、卓球、バレーボール、バドミントンなどをこなした。晩年はテニスに明け暮れていたこともあった。ただゴルフは毛嫌いしていた。カメラは後に職業にしたほどの腕前、音楽は教えるのも自分でやるのも好きだった。小学校担任時代はいつも教卓に、アコーディオンとカメラを置いていた。

文章を書くのも上手く、さらっと魅力的な文を書く人だった。新聞の投稿などもよく採用されていた。晩年あまり出歩かなくなってからは、パソコンに向かい「小説」を執筆していた。長編小説二編と童話、子ども向け放送劇台本などが残っている。

夫の生き方に影響され、夫の好きなことがそのまま私の好きなことになっていった。夫唱婦随という言葉があるけれど、夫の言うことは全て正しいと思っていた時期が長かった。

こんなエピソードもある。ある年の正月、新しい箸に買い替えることにした。色も柄も気に入った色違いの箸を百均で見つけた。元旦に食卓に出したら、夫の渋い顔。「直接口に入れるものは安全なものでなくてはいけない。外国製で何を使っているか分からないものはやめとけ」と言われた。ハッと目が覚めた思いで、そっと割り箸と取り替えた。私は、ありがちな主婦感覚で安ければいい、という思いが抜けない。日頃から夫は質を重んじていた。ええーっというような高額の衣類が届けられることもあった。夫婦で金銭感覚が違っていたかもしれない。

二人で暮らすようになった当初から、二人の財布は別々だった。夫にどれくらい収入があり、どれくらい貯蓄があるのかも知らないできた。夫も同じ。私のお金の使い方にあれこれ言うようなタイプではない。二人で暗黙の了解があって、マンションのローン（昔払っていた時期もあった）と食費は私持ち。公共料金、アルコール代、予定にない大きな出費は夫、としていた。夫は、衣類は下着からコートに至るまで自分で整えていた。高額のものはネットで買うことが多かった。ある意味では手のかからない人間である。フリーランスになってからは、自分でアイロンをかけたり、ミシンを使うこともあった。

第五話　あなたと私

正月の箸事件は、私にとって生活を見直すきっかけとなった。体に害を与えないもの、生活環境にいいもの、更には地球環境にいいものを選ぶことは大切なことであろう。その時すぐに買い替えた、日本製の有名な産地の塗箸を、今でも使い続けている。夫からのメッセージの一つとして、今も私の心に残っている。

夫が八十八歳になるのを記念して、『音の流れるままに』という本を出した。夫婦共著である。これが夫婦で協力して作った最初で最後の本となった。この本のあとがきで夫はこう書いている。「八十八歳は通過点、これからも（ボランティア演奏を）続けます。どこかでお会いしたら声をかけてください」と。それなのにその年の九月に亡くなってしまった。夫は令和という時代もコロナ騒動も知らない。ある意味では幸せだったといえるかもしれない。

第六話　シドニー日和

第六話　シドニー日和

私たち夫婦にとって、シドニーは第二の故郷ともいえる街である。

ようやく養育費を払うこともなくなり、二人の生活も安定してきた頃のこと。私が四十代になった時から、夏には必ずといっていいほどオーストラリアのシドニーに出かけていた。旅行というよりシドニーで暮らしていたというのが当たっている。

初渡豪した時は二人とも小学校教員。子どもたちの夏休み中は教員も自由がきいたので、出勤日を七月にまとめ八月はほとんどシドニーで過ごした。現在の教員にはそんなことは不可能だろうが、研修願、研修届、研修報告を出せば何日でも海外旅行ができる時代だった。

教員向けの海外研修ツアーが流行っていた頃で、私たちも最初は旅行会社のパック旅行だった。初めてのオーストラリアの旅は、二十四日間滞在の「シドニーでの暮らしを体験する」というものであり、この旅で私たちはオーストラリアの虜になり、その後の生き方に大きな影響を与えることとなった。

南半球のシドニーの八月は冬とはいえ、温暖な気候。晴れた日の日中は半袖姿の若者も見かけるほどである。初めてのシドニーの暮らしは快適で、コンドミニアム（賃貸型リゾートマンション）での生活は自炊もでき自由に過ごせる。周りに煩わされることなく二人の時間が持て、精神的に解放されるのを感じた。

案内書を片手に、拙い英語で、毎日出歩いていた。なんと住みやすい街なんだろう。食べ物は新鮮で安いし、ビールもワインも美味しい。

第六話　シドニー日和

オーストラリア人はフレンドリーで付き合いやすい。シドニーは都会の洗練されたスマートさ、歴史のある建物、豊かな自然等が共存し、いっぺんで好きになってしまった。それ以前に何ヶ国かの渡航歴はあるが、シドニーが一番ぴったり来たというのが、二人共通の感覚であった。

このツアーは、コンドミニアムを不動産として販売することを仲介する、という目的もあった。日本人が豊かな時代だったといえるだろう。実は、シドニーに魅せられた私たちは、本気で購入も考えた。医療や老後を考えるとどうしても移住には踏み切れなかったが、不動産を買う代わりにその後数え切れないほどシドニーを訪れるようになった。後に夫が「あの時買っていれば、二人の人生も変わっていただろうな」と話すこともあった。今では当時の「買わずに旅行で行く」という選択でよかったと思っている。

飛行機も宿も旅行会社のお任せパックというのに嫌気が差し、二、三年後には自力での旅に切り替えた。まず宿の手配。手頃なコンドミニアムやイン（宿屋）に、夫が英語で手紙を出した。交通の便がいいところ、治安が大丈夫なところ、値段の折り合いがついたところなど条件が合うものを選んだ。最初に泊まったところは、その後何年もお付き合いが続き、支配人は娘を日本に留学させたほどの日本贔屓で、会うといつも話が盛り上がっていた。次に航空券。パック旅行では人数で儲けが出るので、かなり格安である。個人旅行の場合は、事前に予約することで多少の値引きはある。しかしこれはエコノミークラスの場合で、後にビジネスクラスを利用するようになったら、値引きはない。それを毎年、多い年では年に三回もシドニーに行ったことがあった。私たちがシドニー行きに使った金額は、（計算していないが）莫大なものであろう。多分平均的夫婦が、子育てや教育費に充てる分が旅行代金になっていたのだと思われる。そんなにも私たちを惹きつけるシドニーの魅力とは……。

食べ物が美味しい。ホテルと違いコンドミニアムやインは自炊が基本である。朝食のみ付いていることが多い。一週間単位で三週間も滞在すると宿賃もかなりお得になる。朝、二十四時間オープンの大型スーパーに買い出しに行くのが日課だった。広大なオーストラリアは、あらゆる野菜や果物が新鮮な状態で安く手に入る。肉も魚も豊富である。牛、豚、鶏肉がほぼ同じ値段。当然日本では滅多に食べない牛肉に手が伸びる。柔らかそうなステーキ肉が食べ放題という感覚である。シーフードは牡蠣と海老がおすすめ。焼く、煮る、茹でるなどの一手間だけで十分美味しい。素朴な味のパンもよく食べたが、基本的には鍋でご飯を炊いていた。日本米によく似たカルロス米というのが美味しいが、当時日本の米の十分の一の値段で買えたのにはびっくり。小袋をお土産に買って帰ったこともある。

シドニーに行き始めた頃は、日本食はほとんど見かけなかった。日本食のレストランはあったが、目の玉が飛び出そうな高級店のみ。わずかに中華街で味噌や醤油らしきものを手に入れることはできた。ところが五年くらいの間に日本食ブームが起こり、デパートの食品コーナーで日本製の食材を見かけるようになった。フードコートでは、いつでも海苔巻きやいなり寿司、焼きそばなどが並んでいる。ヘルシーということで和食は現地の人々にも好まれているようだった。

オーストラリア人は巨漢が多い。食べ物が美味しいし、自然も豊かで伸び伸び育つ人が多いのであろう。現地の人の中に入ると、日本人はまるで子どもである。

こんなことがあった。一日中歩き回って、宿に帰る前に一杯やっていこうということになり、パブ（酒場）に入ったところ、グイッと背中のリュックを掴まれた。用心棒が見張っていて、未成年はダメだよと止めたのである。酒場は暗いし、ちっちゃい二人連れは未成年と間違われてしまったのだ。もちろん誤解は解けて美味しいビールにはありつけた。ビール、ワインはオーストラリア独自のものでとても美味しい。ビールは州ごとに作っており、私たちのお気に入りはビクトリアビターというグリーン缶である。

パブでは銘柄と量を言うと、タッパーと呼ばれる人が蛇口を捻って生ビールを注いでくれる。オーストラリアでは泡はビールとは呼ばない。泡は捨ててビールをグラスに満タンにしてくれる。九十九％の人が生ビールを飲んでいて、他のものを飲んでいるのを見かけたことはない。

シドニーを訪れた時必ず食べに行くのが、ワトソンズベイの生牡蠣。夏でも冬でも一年中食べることができる。ダースで買うが、レモンを搾って何個でも美味しく食べていた。日本のものより小ぶりであるが、獲れたてのせいかお腹を壊したことは一度もない。

もう一つの定番。牛肉一〇〇%のハンバーガー。その場で焼いて、炒めたオニオンスライスをたっぷり乗せてくれる。ポテトのチップスを添えれば完璧。シドニーっ子のランチの定番である。どこででも買うことができるが、ダーリングハーバーのお店が一番のお気に入りだった。お昼は大抵外で食べることにしていたが、安くて美味しいものがたくさんあり、太っちょのオーストラリア人が多いのも頷けることである。

フルーツも種類が多く安く買える。生でも食べるが、街中のちょっとしたスタンドで、生ジュースが飲める。フルーツを指定するとその場でミキサーにかけジュースにしてくれる。もちろん何種類かのミックスも可能である。第一次産業が豊かな国、オーストラリアは恵まれた国といえるだろう。

街歩きがしやすい条件として、交通の便のよさと交通運賃の安さが挙げられる。私たちが毎回利用していたのは、一週間有効のトラベルパスと呼ばれるもの。普通に買うより多分半額くらいお得で、電車、バス、フェリー乗り放題である。このパス一枚あればどこへでも自由に行ける。フェリー乗り放題（地域の限定はあったようだが）はかなりお得感がある。サーキュラキーからいくつもの方面にフェリーが通う。気ままに乗り込んで小旅行をするのも楽しい。毎日、やること行くところには事欠かず、三週間なんてあっという間に過ぎてしまう。

私のシドニーおすすめスポット上位に入るのが、オペラハウス東隣に続く「王立植物園」である。一八一六年に設立されたという広大な癒しスポット。三〇ヘクタール以上の敷地内に、芝生、庭園、温室などがある。植物や鳥たちも自然の姿で見ることができる。季節ごとの花で溢れ、お手入れもよく行き届いている。鳥の声を聞きながら、シドニー湾が望めるベンチに座ってフェリーやヨットの往き来を見るのが好きだ。日本庭園と名づけられたスペースもある。

私の死後、遺産（残っていればの話だが）の半分を、この王立植物園に寄贈したいと遺言書に書いた。夫と二人の名前のプレートをつけたベンチの寄贈がいいかなあなどと勝手に思っている。

二人共通の趣味のテニスも現地でよくやった。日本からラケットを持っていったが、レンタルのコートは多数あり、宿に近いところのテニスコートでは顔も覚えてもらい、冗談も言い合っていた。コートもいろいろで、芝のグラスコート、土のクレーコート、セメントやアスファルトでできたハードコート、砂入りの人工芝のオムニコート、カーペットコートなどがある。現地の年配のご婦人たちはよくテニスをしていて、コートが隣り合わせになることも多かった。空気が美味しいので、運動していても気持ちがいい。

シドニーはまた音楽の街ともいえる。街のオフィス街の中心部に、円形の野外ステージがある。お昼時ともなると、ランチ片手のサラリーマンや、世界各国からやって来た旅行者でいっぱいになる。日替わりの演奏が楽しめる。

街中にも音楽は溢れている。有名デパートの前では、音楽学校の学生さんが何人かで演奏している。お馴染みのクラッシック曲が多かった。投げ銭入れの楽器ケースが置いてあるが、お金が目的ではなく、勉強している成果のお披露目という感じがした。皆さんとても上手い。

ダーリングハーバーでは、週末になるといろいろな演奏を楽しめる。学生さんや、警察官の楽団や、消防署の楽団などかなり大編成のものが多かった。

サーキュラキーの港では、多くのパフォーマンスが見られる。演じる人もそれを楽しむ人も、あらゆる国籍の人が混じっていて、「世界は一つ」が肌で感じられた。

クリスマスシーズンはまた格別。市庁舎の前には本物の大きなもみの木が据えられ、毎年凝ったイルミネーションで飾られる。このツリーの前で、クリスマスまでの二週間ほどは、夕方から聖歌隊の歌声やハンドベルの演奏を楽しんだり、一緒に歌ったり、楽隊の演奏も聞くことができる。真夏のクリスマスもなかなかいいものである。

もう一つのおすすめ時期は十一月。オーストラリアでは春真っ盛りに、ジャカランダという花が咲く。日本ではあまりお目にかかれない。日本の桜に喩えられる花であるが、このジャカランダを観るだけの目的でシドニーを訪れたことが一回だけある。薄紫色の花がたくさん咲いて、それはもう筆舌に尽くし難い光景である。桜と違うところは、花の時期が長いこと、散った花びらが絨毯のようでこれまた美しい。微かな香りも上品。この時の旅はジャカランダ三昧。目星をつけた場所にバスで向かい、ここぞというところで降りて、思う存分楽しむ。緑の中の紫はよく目立つので目標を定めやすい。もちろんオペラハウスを背景にシドニー湾の青にもよく映える花である。観光絵葉書の写真のようなベストショットが撮れる。

気候もよく住みやすい。現地の春夏秋冬は一通り体験したが、極端に寒かったり暑かったりはほとんどない。何よりも高温多湿の日本から、爽やかな空気のシドニー空港に降り立つと生き返ったようになる。シドニーの他、ブリスベン、パース、ケアンズ、ゴールドコーストなどの都市も訪れたことはあるが、やっぱりシドニーが一番合っていると思った。

オーストラリアは英語圏であるが、Aをアイと発音するなど独特の癖がある。二人は英語が堪能というわけではない。夫はある期間ラジオの英会話講座で勉強していたので、基本的な会話はできる。多少耳が遠いので、ヒアリングは私の担当。スピーキングは夫の担当で、二人で一人前といったところ。シドニー滞在中に二回も「国勢調査」の時期にあたったが、この書類も無事に書き終えた。日常生活で、言葉の壁はあまり感じなかった。

長い期間行っていると、体の具合が悪くなることもあり、医療関係の実態にも触れることができた。夫が熱を出し、宿の支配人に相談したら近くのドクターに往診を頼んでくれた。一介の旅行者なのにとても親切にしてもらえた。自国のように保険がきくわけではないが、それほど高額のお金を請求されたという覚えはない。また私は無料の病院にかかった経験がある。体調が悪く、飛び込みで行った病院がカトリック系のもので、なぜか診療費がタダだった。パスポートも持たず、身分を証明するものは、ホテルのキーだけだった。病院側がホテルに問い合わせをして、英語と日本語に堪能なスタッフも呼んでもらえた。薬は全て院外処方で、町の薬局で買う。医療体制も充実している国と感じた。

そんなに何回もオーストラリアに行っているのに、あの有名なエアーズロックには行ったことがない。基本的に観光地巡りより、生活しやすいところでの暮らしに憧れていたのである。三～四週間の滞在を終えて帰る時に、翌年の予約をするというパターンが毎年続いていた。長い間には泊まる宿も何回か変わったが、嫌な思いをしたことは一度もない。

飛行機に乗って八時間半後には、私たちの大好きなもう一つの生活圏が待っている、なんと幸せな日々だったろうか、今思い返してもいい思い出で溢れている。

第七話　愛と死をみつめて

第七話　愛と死をみつめて

『愛と死をみつめて』、こんなタイトルの本が大ヒットしたのは、一九六三年。後に映画やテレビ化もされ、曲もできた。私は大学に入ったばかりの頃で、マコとミコの往復書簡に涙したことをよく覚えている。八十日間の闘病で亡くなった夫のことを思い出す時、なぜかこのタイトルがぴったりだと思った。改めてこの本のことを調べたりもした。

最初Ｓ総合病院の消化器科でがんの告知を受けた。まず妻の私に医師から説明があり、私から夫に伝えることになった。病院のベッドで点滴を受けながら横になっている夫に「がんが見つかったんだって」と言ったら、「寿命より先にがんにやられちゃったな」と寂しそうな笑顔で現実を受け入れてくれた。この時すでにあまり残された時間はないとも言われたが、さすがに夫にはそのことは言えなかった。

次の日、S病院の紹介状を持ってN大学病院に入院した。自分の足で歩いて入院したのに、車椅子になり、ポータブルトイレ使用になり、おむつ使用になるまではあっという間だった。大学病院の若い担当医師とは最初からソリが合わず、入院生活には精神的にも苦痛が伴っていた。医師と患者は信頼関係が大切だと思うが、患者の身になって接してくれない医師に、夫は完全に心を閉ざしていた。本当に必要な措置だったのか分からないが、言われるままに手術や処置を受け入れてきた。大学病院に入院中の一ヶ月半、心の休まる時はなかったと思う。ありもしない幻覚に襲われるせん妄という症状も出た。私は毎日病院に通っていたが、日々弱っていく夫の姿を確認することと、ベッドサイドで夫の手を握っている以外やれることはなかった。

医師に「もうこの病院でやるべきことはありません」と言われた時、正直二人ともほっとした。がんの宣告を受けた最初のS総合病院に転院することになった。電車とバスで通うN大学病院より、自転車で行けるS総合病院のほうが、看護に通う私にとってもありがたかった。

夫は通算八十日間の入院生活を経て亡くなった。最期を迎えたのは、S総合病院緩和ケア病棟の一室だった。同じ病院の一般病棟から移された時には、もう末期状態だった。移ってすぐに、担当の看護師さんから「あまり長い命ではないこと、亡くなった時の手筈を決めておくこと、旅立ちの装束を用意しておくこと」などを言われた。その晩、パソコンに向かい泣きながら葬儀社の検索をした。なるべく近いところで密葬をしてくれるところ。幸い私の思いに合うような葬儀社、担当者に巡り合うことができた。

（今思うと）夫が亡くなる二日前の出来事である。緩和ケア病棟に移ってからは、口から食べたり飲んだりすることはほとんどなくなっていた。点滴だけが頼りで命を繋いでいたようなものだ。だが無闇に点滴の量を増やせばいいというものでもない。体が受け入れてくれる量には限界があった。そんな日が無限に続くわけがない。

看護師さんが下の世話をしてくれる間は、病室を追い出される。その日に限り随分時間がかかっていた。途中あたふたと看護師さんの出入りもあった。後で知らされたのだが、ベテランの看護師さんも慌てるほどの、大量の排便があったそうだ。ほとんど何も食べていないのに。

夫は亡くなる前に、俗世間で身についたものを全て掃き出して、身軽で生まれたままのきれいな体になろうとしたのではないだろうか。死期が近づいたことを、体は分かっていたのかもしれない。思い残すことはなかった、今はそのように思いたい。

入院している本人にとっては空調完備で季節関係なしだが、毎日看病に通う身としては、ようやく暑い夏が終わり九月に入ってほっと一息できた、そんなそれまでの続きのようなある日。夕方暗くなる前にと、後ろ髪引かれる思いで病室を後にした。一回りも二回りも小さくなってしまった夫に「また明日ね！」と明るく声をかけたのに、その「明日」には冷たくなっていた。ベッドで小さく手を振っていた夫の姿が、最期の姿として今も脳裏に残っている。

その夜、当直の看護師さんが見回った時異変に気づいた。息をしていない、気がついた時にはすでに亡くなっていた。苦しむことなく死が訪れたことがせめてもの慰めである。

私は寝入り端を電話で起こされ病室に駆けつけた。死亡確認が終わった時はもう次の日の日付になっていた。それ以降は、感情をなくした人間のように、時間に流されるままでいた。全ての手続きも一人でこなし、遺体は葬儀社に運ばれていき一旦家に戻った。今まで二人で暮らしていた部屋がやけにだだっ広く感じられた。涙も見せず気丈に振る舞ってきたが、一人ぼっちになってしまったという実感が押し寄せ、初めて一人で号泣した。

次の日、秋晴れ。悲しいほどに青く晴れ渡っていた。本人の希望通り直葬。旅立ちの装束は演奏グループの正式ユニフォーム。全ての手続きは省いて荼毘にふす。東京に住む唯一の親友や、音楽仲間から葬儀参列の意思表示をいただいたが、私一人で見送ると決めていた。それを一番夫が喜ぶだろうと思っていた。火葬にする直前「最後のお別れです」と言われたが涙で顔が見られなかった。心の中に姿はちゃんと焼き付けてあるので、さよならは言わないでおこうと思った。

葬儀場内は他の葬儀に参列する人々で賑わっていた。そんな中でただ一人ソファーに座ってお骨になるのを待っていた。葬儀社の人も、無駄に声掛けしないほうがいいと思ってか、優しく見守り一人にしてくれた。私は思考が停止し、ただ時間が過ぎ去るのを待っていた。前日まで生きて話していたのに、今はもうお骨になってしまった。

白いお骨に混じって黒い小さな四角い塊。焼け残ったベルトのバックルだった。ユニフォームを着る時につけていたベルトのバックルは、何でできたものなのか高度の熱にも溶かされず形がそのまま残った。この世とあの世を繋ぐものではないかと思い、一瞬「ください」と言いかけたが、「供養します」との係の人の言葉に従った。

お骨は今も居間に置いてあり、私の生活を見守っている。私の命に終わりが来た時、一緒に墓に埋めてもらうつもりである。遺言状にも書いてあったが、唯一私に言い残した願いは「暗い、冷たい土の下に一人でいたくない、お前が死んだらその時一緒に埋めてくれ」というものだった。その通りにしたい。戒名も位牌もいらない。お坊さんを呼んでお経をあげることもしない。まつりごとなどしなくても、これからもずっと私の心の中には生き続けてくれると思っている。変わり者と言われているかもしれないが、これが私の供養の仕方である。

二十二歳で出会って五十年目で二人の暮らしは終わりとなった。年は離れていたが二人はよく気が合った。考える基準がよく似ていた。というか、多分夫の生き方に私が影響され、気がついたら同じ方向を向いて進んでいたのだともいえる。凸と凹が二つで四角になるように、互いに補い合って生きてきた年月だと思う。あなたと私、出会えてよかった。今は本当にそう思っている。

私が六十歳の時に二人で移り住んだ、終《つい》の住処《すみか》のシニアマンションに今一人で暮らしている。入居の際、夫は迷わず私だけの名義で契約した。その当時から自分が先に逝くことを予感していたのかもしれない。相続の手続きの煩雑さを省いてくれただけでなく、何よりもこれから先私一人で生きていくための生活の保障をしてくれていたことに今更ながら感謝している。

これからも私が生きている限り、夫はずっと見守ってくれることだろう。「愛と死をみつめる」旅を一人で続けていこう。

第八話　フリーダム

若くいるための秘訣の一つとして、年下の友だちを持つといいと思う。若さは活動力の源といえるのではなかろうか。私は二十歳も三十歳も年下の友だちもいるし、影響もたくさん受けている。話していても違和感は感じないし、仲間感覚で付き合っている。親子以上に年が離れた友だちの相談に乗ってあげることもある。

そんな多くの友だちの中の一人に芽亜利・Jさんがいる。もちろん芸名で、シンガーソングライターである。ある日新聞に芽亜利さんの記事が載った。「あなたの恋、歌いたい」というもので、芽亜利さんの手元に届いたエピソードをもとに曲を作るという。「恋」というワードに惹かれて私のエピソードを書いて送った。亡くなった夫への思いを綴ったものだった。何度かメールのやり取りをして、なんと一ヶ月後には『今も恋してる』という曲がユーチューブで公開されたのである。「エピうた」第一号の誕生である。「エピうた」というのは「あなたのエピソードをもとに作った歌」という意味で、芽亜利さんが作詞作曲歌唱もしている。『今も恋してる』は最初は一番だけの曲だったが、その後三番まである長いバラード曲として完成した。初めてユーチューブで聴いた時、涙が込み上げてきた。私の心情がとてもよく歌われていた。芽亜利さんにはその後もいくつかエピソードを提供し、曲を作ってもらっている。

直接お会いする機会もあり、初対面の時は二時間も話し込んでしまった。年齢には関係なく友だちとして会話できるし、ＳＮＳでも繋がりお互いの近況を伝え合っている。

『今も恋してる』『さよならも言わずに』『今日という日』『美味しいオーストラリア』『冬のある日』『フリーダム』、今までに芽亜利さんが作ってきた私のエピうたのタイトルを並べてみた。曲それぞれに私の思いが込められていて、どれも素晴らしい曲だと思う。

最新作『フリーダム』はゴスペル調で二番まであり、みんなで歌って盛り上がれる曲である。実体験をもとにした歌詞であるが、私の気持ちが素直に歌われている。そのうち「八十過ぎたら……」の三番も作ってもらうことになるかもしれない。

私の節目の年のバースデイ記念に、芽亜利さんの曲でCDを作った。芽亜利さん自身の歌唱で二曲録音し、ほんの少しだけ間奏に私のクラリネットも入れた。友人に私の文章を朗読してもらったり、残っていた夫のアコーディオン演奏の音源も入れた。ジャケットには私の撮った思い出の写真を使い、アイデア満載のこの世に二つとない大切なCDが完成した。作る過程もとても楽しかった。こんなことを実現させてくれる芽亜利さんは大切な友だちの一人である。

もう一人の年下の女友だちAさんは、親子以上に歳が離れている。前にやっていた演奏グループの仲間であったが、解散した今もご縁は繋がっている。フルートとクラリネットでデュオを組んだり、親子向けの出前演奏活動もやっている。Aさんは、母親を亡くしているので私に愚痴をこぼしたり、相談をしてきたりするのかなあと思う。まだ若いのでいろいろなことに関心を持ち、チャレンジもしている。子育てに悩んだり、現実はなかなか厳しいようだが、前向きなAさんの生き方に元気を貰っている。新しい情報もAさんがいっぱい発信してくれていて、大切な友だちの一人である。

年齢に関係なく友人関係はギブアンドテイクのところがあり、お互いに得るものがあるからこそ上手く付き合っていけるのだろうなと思っている。

もう一人、大切な友だちRさんがいる。きっかけはフェイスブック。見ず知らずの人だったのに、今は親友ともいえる間柄である。私よりちょっと年下で、共通の趣味はクラリネット。お互いにフェイスブックの投稿に「いいね」を押したり、コメントを書き込んだりするうち、実際にお会いする機会が巡ってきた。住んでいるところは、かなり離れている。Yアンサンブルの演奏会を聴きにきてくれ、初めてお会いすることができた。

Yアンサンブルの十周年記念音楽会では、友情出演をしてくれた。短い期間であったが集中して練習もし、当日はクラリネットの三重奏を披露することができた。

同じ十二月生まれなので、何度か合同誕生日祝いをした。二人ともお酒が好きなので、飲んでは大いに話が弾んだものだった。

付き合いが深まっていった頃、私の夫にがんが見つかった。Rさんは、夫が入院八十日目で亡くなるまで、私を励まし続けてくれたのである。

夕方病院から帰り、一人で夕食をとっている時、ほぼ毎日Rさんに連絡をしていた。今日の容体、疑問、心配事、なんでも書いていた。必ず返信がきて、適切なアドバイスや励ましの言葉を送り続けてくれた。どんなに力づけられたことだろう。スマホに届く言葉の数々は、私に力を与えてくれるお守りのようなものだった。

今Rさんは、高齢で寝たきりの母親の介護をしている。あの時のお返しに、何か心の支えになるお手伝いができないものかと思案しているところである。

夫が亡くなり一人暮らしになってしまったけれど、今の生活は結構気に入っている。寂しいと思うことはあるが、親身になって心配してくれる友だちはたくさんいるし、まだまだ自由に動ける。時間は二十四時間自分のために使えるし、誰にも遠慮はいらない。自分のやりたいように過ごしている。

「やれる時にやれることを」が私のモットーであるが、ぎっしり予定の詰まった手帳を見ながら「ふー、今週も忙しいなぁ」などと言うのが好きなのだ。毎朝ベッドで目覚めた時、「朝だぁ、今日は〇〇しよう！」と飛び起きる。

大人になってから今まで、目覚まし時計を使ったことがない。自然に目が覚めることに任せている。どんなに早く起きる必要があっても、

「明日は○時に起きよう」と自分に言い聞かせて寝ると、ちゃんとその時間に目が覚める。普段でもあまり寝坊はしないたちである。朝の始まりの時間が遅いと、その日一日何か損をしたような気分になる。

「継続」と「挑戦」、どちらも好きな言葉である。「継続は力なり」といわれているが、自分で好きで選んだことは続けていきたい。その一つで六十歳をきっかけに始めたクラリネット演奏は、私のライフワークとしたい。この他にもいろいろやっている。

以前、地域情報紙を発行しているM氏から取材を受け、私のことを記事にしてもらったことがある。その記事で、インプットとアウトプットを繰り返す適度なリズムを保って生活していることが素晴らしいと褒めていただいた。中枢神経と自律神経のバランスの上からも、心身の健康に欠かせない営みをしている人間として紹介してもらった。考えてみると、アウトプットはたくさんしている。元来人間は他人《ひと》さまのお役に立てることが好きなのではなかろうか。褒められたり、感謝されたりしたら、それまでの苦労など吹っ飛んでしまう。

「継続」の仲間に入る活動は、食生活改善推進員、交通指導員、S歯みがき隊、読み聞かせグループなどがある。十年以上続けているものもある。前職の影響か、子どもを対象にするものが多い。どんなに大変でも、子どもたちの真剣な眼差しと笑顔と拍手に勝るものはない。

親子の料理教室に参加した五歳の男の子に「大学生？」と聞かれたり、交通指導に行ったのに、制服のせいで「泥棒捕まえてね」と保育園児にお願いされたり、エプロンシアターのオリジナル台本が好評だったり、紙芝居を二人で熱演していたら、裏に何か仕掛けがあるのではないかとわざわざ見に来た子がいたり、活動していて日々が楽しい。

自分の中で「挑戦」と思っている比較的新しい活動が二つある。

一つ目は「S写真部」。部員五十名余り、老若男女が集まっている。写真についていろいろ学べるし、プロのカメラマンから自分で撮った作品の講評もしていただける。なんといっても異世代交流ができることが魅力である。部員になってからは、普段見ている景色も、レンズを向けたらどう写るかというカメラ目線になっている。目標は市内のおすすめスポットを取り上げた「フォトマップ」を作ることである。ここでは毎回課題も出されるので、挑戦しがいがあるし楽しんで活動できる場である。

二つ目は「社協S」という新聞の編集委員としての仕事。これも全くのボランティアであるが、自分の力を発揮できる楽しい場である。私には編集作業よりも、取材して記事を書く記者のほうが向いているようだ。

撮影とインタビューをして記事に起こすことを一人でやるわけだが、それがまた楽しい。何ヶ月後かに新聞として形に残るものができる、この仕事に携われて本当によかったと思っている。年間四回だけの緩い発行ペースも気に入っている。「S写真部」で学んだ技術も活かせるのでこんなありがたいことはない。いろいろな提案をしていきたい。

「継続」と「挑戦」を併せ持つのが、「フォト俳句日記」を記すことである。毎日俳句一句とそれに合った自分の写真をホームページで公開している。日記は毎日つけてこそ日記である。必ず毎朝投稿して三年目に突入、一日も休んだことはない。短いコメントもつけている。時にはネタが尽きて無理やり俳句を作っていることもあるが、一目で私の毎日の生活が分かる記録でもある。俳句は母から、写真は夫から影響を受けたが、私にとってはどちらも大切。毎日を生きている証として、これからも続けていきたい。

日々の生活で心がけていることがある。いつも背筋を伸ばすこと、背筋が伸びていれば考え方も前向きになれるような気がする。歩く時はなるべく大股でサッサっと足を出すこと。最近後ろから歩いてきた人に追い抜かれることが多くなり、年齢を感じている。気持ちだけでも大股で歩くよう心がけたい。

六十歳から私に与えられた自由な時間は、それまでの人生と比べより深みが増し、楽しいものにしてくれていると思う。六十歳までの私の人生も決して悪いものではなかったが、やや無理をして突っ走ってきた感がある。

仕事を辞めた、苗字が替わった、クラリネットを始めた、地域デビューをした、全て六十歳の時の出来事である。あれが人生の節目だったなあと今しみじみ振り返っている。

これからの「夢」を考えてみた。

外に向かっての発信をできるだけ続けていきたい。行動力を伴った人間でありたい。たとえ高齢になって思うように動けなくなったとしても、発信する方法はいろいろある。世の中と、地域と、繋がった暮らしを送りたい。新しいものを吸収し、自分を成長させ続けたい。それが願いであり、夢である。

「第二の人生」とか「余生」とかいう言葉は嫌いだ。人生に第一も第二もない。私の生涯全てが「私の人生」でおまけなんてあるはずもない。

いつか目を閉じる時、ああいい人生だった、私の人生も満更でもなかった、と思いたい。そのためにこれからも一日一日を大切に生きていきたい。

今朝も元気で目覚めた。

そして今日もまたあの部屋から、クラリネットの音が聞こえてくるかもしれない。

そのクラリネットの音は、大波小波を乗り越えて「フリーダム（自由）」を歌いあげる音色に違いない。

エピローグ

子も孫もいない身の上こどもの日

俳句詠む朝の慣いやはや文月

ナビにない角を曲がれば夏ツバキ

君が好んだ長いままの髪洗ふ

紅葉燃ゆ新しきこと一つ出来

（ゆう）

秋冬春夏、あなたが亡くなって何廻り目かの季節が巡っている。

終戦の年昭和二十年に生まれてから、今まで歩いてきた道を辿ってきた。

そんな生き方をしてきた人間もいるのかと、読んでいただけたのなら嬉しい。

これからも前を向いて歩いていきたい。

寄稿『今も恋してる』秘話

シンガーソングライター　芽亜利・J

『今も恋してる』秘話

ゆうさんとの出会いは、コロナ禍真っ最中の二〇二一年。

コロナ禍でことごとくライブが中止になり、イベントや身内の集まりさえやれないようになった。初めの頃こそ「時間がたっぷりある！　たくさん曲を作ろう！」なんて言ってたけど、だんだん行き詰まってきた。人に会わないし出かけないのでネタがない。

詞先、つまり歌詞からメロディーを書く私はすっかり困っていた。そこで人にネタをいただいてしまおう、と考えた。世の中には自分の言いたいことを発信したい人もいるだろうし、私にとっては作曲の練習になる。

二〇二一年二月。バレンタインデーに合わせて新聞に記事を送って、運よく東京新聞と読売新聞に載せていただいた。「あなたの恋バナ、ください」というものだった。

当初は、若い人からの胸キュンな恋愛エピソードがたくさん来るかなと思っていたのだけど、来るのは六十代七十代の先輩方ばかり（新聞の読者を考えればそれが当然でしたね）。

その中でも、ゆうさんのエピソードは一際目を引いた。

『私、七十五歳。独り暮らし。

夫は二年半前に他界。子どもなし。

夫が残した言葉は「暗い冷たい墓の中に、一人はイヤだ、お前と一緒に埋めて欲しい」で、今でもお骨のまま居間に置いてあります』

こんな書き出しから、夫との馴れ初め、二人で生きた思い出、今のリアルな気持ち、が短いフレーズで小気味よく書かれていて、すぐに曲がイメージできた。これはシャンソンだ。明るい曲調で、出会いから思い出、最後の日まで、物語のような曲にしよう。そうして私の「エピうた」第一号『今も恋してる』という歌が誕生した。

この曲をユーチューブに発表した日、S市に住んでいる私の友人が「パリの街角にいるみたい」とコメントしてくれた。が、すぐに分かったことは、友人と同じS市（決して近くはない）にゆうさんは住んでいて、私がよく出ていたライブハウスにも行ってる、ということだった。そして、ひと月もせず私はS市の友人の所に遊びに行くことになって、ゆうさんにお会いできることになった。そんなことにも何かご縁を感じた。

初めてお会いした日。たくさんお喋りして、別れ際に「あ、そういえば今日は夫さんとの記念日でしたよね」と言うと、

「そう。今日は一人でいいお酒を飲んで夫を思う日よ」との答えが返ってきた。

ゆうさんは私よりだいぶお姉さんだけど、ずっといい恋をしてきたんだな。いや、「今も恋してる」んだよね！　本当に素敵。

〈著者紹介〉
柊 ゆう（ひいらぎ ゆう）
1945 年愛媛県生まれ
新潟県育ち
38 年間東京暮らし
千葉県在住
クラリネットとカメラと俳句を愛する日々
ホームページ「フォト俳句日記」（sakota575 で検索）毎日更新
原案・写真担当「今も恋してる」（芽亜利・J 作詞作曲）YouTube 配信中

大波小波《おおなみこなみ》
～昭和《しょうわ》20年《ねん》に生《う》まれて～

2024年5月31日　第1刷発行

著　者　　柊ゆう
発行人　　久保田貴幸

発行元　　株式会社 幻冬舎メディアコンサルティング
〒151-0051　東京都渋谷区千駄ヶ谷4-9-7
電話　03-5411-6440（編集）

発売元　　株式会社 幻冬舎
〒151-0051　東京都渋谷区千駄ヶ谷4-9-7
電話　03-5411-6222（営業）

印刷・製本　中央精版印刷株式会社
装　丁　　弓田和則

検印廃止

Printed in Japan
ISBN 978-4-344-69057-8 C0095
幻冬舎メディアコンサルティングＨＰ
https://www.gentosha-mc.com/